FREMONT PUBLIC LIBRARY

D1417249

EDICIONES ekaré

Edición a cargo de María Cecilia Silva Díaz
Dirección de arte y diseño: Irene Savino

Primera edición, 2010

Av. Luis Roche, Edif. Banco del Libro, Altamira Sur,
Caracas 1062, Venezuela

C/ Sant Agustí, 6. 08012 Barcelona, España

www.ekare.com

ISBN 978-84-937212-8-2

Impreso en China por South China Printing Co. Ltd.

Diablote

Teresa Duran • Elena Val

Ediciones Ekaré

Diablote vive en el infierno.
El infierno es un lugar
rojo, **rojo** y más **rojo**.

El infierno es un sitio tan caliente que quema.
Diablote está harto de vivir en el infierno.

Por eso, enrosca la cola
como un resorte, da un brinco...

¡Ziuuu!

Y va a parar al Polo.

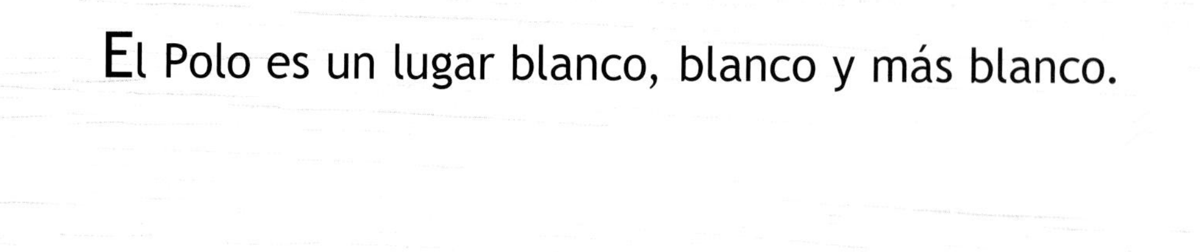

El Polo es un lugar blanco, blanco y más blanco.

El Polo es un sitio tan frío que hiela.
Diablote no puede resistir tanto frío.

Por eso, retuerce la cola
como un resorte, da un brinco...

Y va a parar al desierto.

El desierto es un lugar amarillo, amarillo y más amarillo.

El desierto es un sitio tan seco que da sed.
Diablote no puede aguantar tanta sequía.

Por eso, enrolla la cola
como un resorte, da un brinco...

¡Ziuuu!

Y va a parar a la selva.

La selva es un lugar
verde,
verde
y más verde.

La selva es un sitio tan húmedo que hace sudar.
Diablote no puede sufrir tanto sudor.

Por eso, eriza la cola
como un resorte, da un brinco...

¡Ziuuu!

Y va dar a la mar.

El mar es un lugar **azul**, **azul** y más **azul.**

El mar es un sitio lleno de agua
que sube y baja, que va y viene.
Diablote se encuentra a gusto en el mar.
Diablote se baña.

Diablote está de vacaciones.
Y, hoy por hoy, no piensa irse de allí.

Pero ojo:
de vez en cuando enrosca la cola...